大阪の俳句ー明治編9

安藤橡面坊句集

深山柴

編集・大阪俳句史研究会

ふらんす堂刊

目次

新年の部

時候

正月　正月の庵に淋しや鮭二本

人の国に正月すなり公使館

元日　元日の相家鼎を据ゑにけり

天文

初日　初日さす東海の浜の白藻かな

初東風　初東風や楽も聞えて舟飾り

お降　お降や住吉踊を傘の下

着衣始
喰積
屠蘇
雑煮
松飾
注連飾
輪飾

生活

着衣始錦の帯を閨にひく

喰積の一日箸をつけざりし

屠蘇に酔ひて狂言綺語の女哉

山住の雪を語りて雑煮かな

山鳥の庭に遊ぶや松飾

酒倉や松尾の神に注連飾

輪飾す小さき図子や何仏

蓬莱
掛鯛
福藁
松納
餅花
初夢
宝舟
お年玉

枕して蓬莱近く仰ぎ瞻る
掛鯛や水島灘を前に家
福藁や暖さうに犬眠る
松とれて月夜淋しき大路かな
餅花に並べて吊りし小旗かな
初夢に羆熊の吉を卜し得たり
宝舟旦一片の反古かな
こと〴〵く母預りぬお年玉

初刷　初刷のほしき絵附録何々ぞ

書初　兄や愚に弟や賢なり筆始

読初　読初に勧学院の雀かな

乗初　乗初や霜の艫綱解き放ち

手斧初　烏帽子着て手斧初や木工の頭

鍛初　三の灯や小鍛冶が家の鎚初

帳綴　帳綴のむらなき紙を撰びけり

買初　買初に寒紅の口切りに鳧

遣羽子
手毬
破魔矢
福引
春駒
若水
歯固
小松引

遣羽子の急に落ちざる斜かな
手毬つく乙女物書く博士かな
鉢の木の宿に飾れる破魔矢かな
福引の庭に撒きたる蜜柑かな
春駒や三吉といふよい子にて
若水や寒雉が釜に一杓子
歯固や馬歯徒らに長じけり
小松曳袖振りはへて五位六位

騎初
乗初や悠々として半日程

初芝居
初芝居当時桐竹紋十郎

若菜摘
氏人や出雲八重垣若菜摘む

綱引
綱引に祇園の氏子雄々しけれ

土竜打
蟄虫も出てよと土竜打に鳧

左義長
左義長の遠く飛火す浅茅哉
左義長や騎馬で見廻る家中衆

藪入
藪入や浪華の春は旧に似て

鶯替

居籠

初鶏

嫁が君

楪

かへ〱て遂によき鶯得ざり鳧

行事

居籠の早や寝ぬ神の御垣守

動物

初鶏に夜を守る柝の声遠し

物を喰ふ口臈たしや嫁が君

植物

楪に句を書くこともあらぬかな

福寿草

床の間に黄金の太刀や福寿草

春の部

二月
冴返る
余寒
春寒
魚氷上
獺祭
彼岸

時候

焼芝の山本寒き二月かな

水に映つる舞の衣裳や冴返る

初諸子とれぬ近江の余寒かな

よき衣を着て門に出る春寒し

魚は氷に上りて雨水到りけり

水を出て獺の祭や森の月

心中の墓弔らへる彼岸かな

弥生

弥生山花は関屋にかくれけり

春日

擂鉢に蜊口あく春日かな

春の夕

春の夕半蔀漏る、灯かな

春の夜

春の夜の御車とまる桧垣かな

暖

水すつる花やの門の暖き

日永

武陵より人帰り去ぬ日永哉

洛陽や日永にひゞく午時の鐘

暮春

勧農書に栞すも春暮る、雨

行春
行春の磯に拾ふやうつせ貝

春の名残
ヒヽ啼きに春の名残や麦鶉

春惜む
押し畳む金屛に春惜みけり

夏近し
すだれつる尾上の寺や夏隣
夏近く番茶刈り込む茶の木かな

弥生尽
雪晴れて雲なき空や弥生尽

天文

春の月
植木屋の仕舞かねしや春の月

遠乗の帰り遅々たり春の月

朧

スリ硝子の中に灯ともる朧かな

春風

楼船に振ふ簫鼓や春の風

春の風望郷台に上りけり

東風

朝開東風吹く蜑が綱手かな

貝寄

貝寄の吹くらん沖や海雲よる

風光る

染めて干す麦稈風の光り凫

春雨

一泓の水緑なり春の雨

わたましの門に庭木や春の雨

草轢る轍の泥や春の雨

住吉の卯の日淋しや春の雨

春雪

飛ぶ鳥の障子に影や春の雪

名残の霜

別れ霜茶の芽に夜の蔽ひかな

初雷

初雷に乱るゝ庭の柳かな

陽炎

陽炎にかき上げ泥のかわきかな

地理

春の山

春の山都に近き殿づくり

雉の尾を拾ひし春の山路かな

春の水

春の水西施を載せし舟帰る

嘴赤き鳥の浮きけり春の水

春の潮

澪標春の潮の流れけり

苗代

苗代や夏近き空五位の啼く

残雪

残雪の大道寒く茅かな

雪解

雪解や平蕪遍く日のあたる

雪汁

雪汁や薺は下駄に踏まれけり

生活

山焼

山丸く焼いて余寒の姿かな

畑打

親の親も子の子もかくて田打かな

接木

桃山に桃を仕立つる接木かな

踏青

踏青の足袋をぬきたる女かな

渡し場や凧上り居る酒旗の上

凧

日露協商断絶

凧の糸もつれて切れてしまひ鳧

行事

出代の髪結うて待つ旦かな

淡島へ供養の針を納めけり

寒食の一日や蜆砂を吐く

動物

角落ちて耳振り立つる男鹿かな

月うつる泉に下りぬ猫の妻

猫の恋風騒しき夜なりけり

出代
針供養
寒食
鹿落角
猫の恋

蛙

蛙聞く枕の上や山家集

鶯

鶯や元木宿り木呼びかはす

鶯や朝の湯婆を捨てに出る

雉子

曇る日の遅々と晴れ行く雉子の声

燕

機下りる家婦が戸口や夕燕

かしましき市の上飛ぶ燕かな

室町や軍の中を燕

東国に下る広野や燕

帰雁

帰る雁屯田兵の旗の上

行雁や春の磯田を打返し

鳥帰る

限りなき江水江花鳥帰る

鳥は雲に戍楼閑なる眺かな

雀子

雀子や梅の旋風に吹かれとぶ

蛤

仮桶や生け蛤に三日の月

蜆

水清く砂明らかに蜆かな

揚砂のぼろ〳〵おつる蜆かな

田螺　つぶら〱田螺は黒く石白し

蝶　牛の眼のとろりと草に蝶々かな

蝶とぶや児かくれ行麦の中

蜂　巣をやいて静まる蜂の行方かな

植物

梅　梅林の中に畑打つ男かな

梅折りて帰る僧あり香積寺

椿　ほつてりと椿落ちけり水の紋

桜

花の雲か丶る帝陵十二かな

灯影さす花真白也夜の雨

奈良

花の中大仏の鐘一つ鳴る

土器のすれ飛ぶ谷の桜かな

落花

落日や嵯峨の藪道落花踏む

花ちりていよ〳〵暗き柳かな

沈丁花

朝風や寝覚うれしき沈丁花

海棠

海棠に屏裡の灯輝きぬ

躑躅

木蓮花

山吹

桃の花

木の芽

柳

躑躅咲く旅籠や一の鳥居下

谷深く水緩かやつゝじ燃ゆ

玉垣もあらぬ社のつゝじかな

暁の木蓮ちりぬ二三片

懸崖の山吹淋し花の裏

咲きそめて接木の桃の色深し

蓑虫のぶらさがり居て木の芽かな

王孫の馬驕りたる柳かな

傾城の塚にしだるゝ柳かな

蜀の険こえて曠野の柳かな

菜の花

菜の花の中に池澄む小村かな

車上所見

菜の花の彼誰れ時や郡山

豆の花

磯畑の海苔粗朶垣や豆の花

若芝

若芝に燃えうつりたる薪かな

菫

うつせ貝に交りて磯の菫かな

芹

芹摘の田舟棹す行方かな

海苔

海苔の香の沁みる白紙の幾重かな

夏の部

時候

羽蟻とび蜘の子別る四月かな　卯月

箒木に下闇つくる五月かな　五月

繭を干す清和の天となりにけり　清和の天

短夜や国のはじめの淡路島　短夜

短夜を素読習ふやねぶた声

実を結ぶ竹枯れて立つ暑さかな　暑

つくね藻に足ふみ入る丶暑さかな

涼

風透かぬ木々の暑さを葉巻虫

雲涼し岩に彫りたる仏達

我家の涼しきところ厨かな

水番の交代にゆく涼しさよ

涼しさに読むや蘇文の潮の如し

はた〳〵と天幕の風や榻涼し

魚山

蟬涼し滝唱名の響もす

弔芳水兄

鯉に騎りて波間涼しく逝きに鳧

秋近　秋隣淅瀝として何の声

天文

雲の峰　雲の峰丹波は昔湖といふ

夏の月　藍畑に水引く人や夏の月

青嵐　はた〳〵と日覆の布や青嵐

薫風　薫風や蓬萊山も遠からず

山繭の食む楢の葉や風薫る

卯の花腐　砧盤卯の花下し古びけり

五月雨
五月雨や家降り埋む麻の中

夕立
夕立や石上の詩を洗ひ去る

雷
雷の火柱立つや灘の上

梅雨晴
洗ひ上げし紫蘇の匂ひや五月晴

炎天
炎天の空鳥一つ飛ばぬかな

炎天や琥珀と光る松の脂

地理

夏山
夏山や広葉つみとる山帰来

夏川
夏川や岩を砕いて舟通ず

夏川や端山迫りて道転ず

夏の海
一帆は濡れて帰るや夏の海

清水
湧き口の二タ所ある清水かな

生活

氷室
凄しき雨に鎖すや氷室山

幟
はた〳〵と風の幟やくゝり猿

菖蒲葺く
括りたる蓬短き菖蒲かな

裏門や菖蒲を葺いて閉したる

草合

負け草を舎人箒に哀れめり

大矢数

万を以て数ふ矢数や篝引

更衣

更衣斉人の紈越人の綃

くり〳〵と坊主になりぬ更衣

浴衣

夜の会一座洒々たる浴衣かな

夏帽子

夏帽や遥に望む佐渡が島

鮓

鮒鮓や彦根の雨の夜明方

洗飯
うちあけて仏の飯を洗ひけり

滝殿
滝殿や衣ぬぎすてゝ人あらず

夏蒲団
夏蒲団明方近き腹の上

簟
簟東坡か集を敷寝かな

青簾
青簾広元近く侍ひぬ

蚊帳
蚊帳の中朝の薬湯参らせる

蚊遣
かりそめの蚊遣ふけたる客間かな

掛香
掛香や四条の橋の宵月夜

香薷散
玉川や袋流る丶香薷散

団扇
真白真赤芦辺団扇のみやびなる

釣忍
一階から汲む川水や釣り忍

日傘
同舟の人の日傘のたのもしき

虫干
虫干のほとぼり冷めつ松の月

晒井
晒井のほとり穂に出る芒かな

打水
打水や白き花散る鴨足草

田植
さみだれや早苗を運ぶ淀の町

雨乞
雨乞や嘆は同じ漁者樵者

真菰刈
騒がしき真菰を刈れば水すみぬ

漆掻
苟くも漆と見れば掻きにけり

川狩
夜振の火更けて水声雨声かな

鵜飼
秋近く鵜飼のある夜なき夜かな

避暑
風土記にもれし名所や避暑の宿

納涼
闇がりにシュッと火を摺る納涼かな

川床
川床の京は鴨東雑詩哉

水泳　水泳の尻きてつゝく魚かな

夏瘦　夏瘦の人軍より帰りけり

行事

祭　御旅所の路筋貰ひ祭かな

四辻に神輿ゆき合ふ祭かな

御祓　終夜松風残る御祓かな

茅の輪　いち早く茅の輪くゞりし女かな

祇園会　十三で見し京久し祇園の会

祇園会や胡瓜を断ちし白拍子

夏行

夏花つむたつきもしらぬ深山かな

一夏九旬花新たなる仏かな

心願の夏書を寺に納めけり

動物

枝蛙

雨蛙月赤く雲の蒸す夕

苗舟の淀ゆく空やほとゝぎす

時鳥

卒然と得てし転句や時鳥

満願の暁涼しほとゝぎす

閑古鳥

打てば鳴る山中の石や閑古鳥

老鶯

榊とる山の鶯老いにけり

行々子

葭切や葦に打込む蒸気波

水鶏

竹深し水鶏の空音碓の音

鮎

茂山の浅黄暖簾や鮎の宿

金魚

さし水にひつくりかへる金魚かな

壺の中日月長き金魚かな

蛍

二つ三つ淋しき雨の蛍かな

蛍沢過ぎての闇や梟森

まひ〳〵

まひ〳〵やあか汲みすつる舟の中

蟬

宗祇阪行人絶えて蟬時雨

植物

余花

余花三四寺井の上に見ゆる哉

天王寺は法華経を地に埋むといふ

牡丹

法華満地寺荘厳の牡丹哉

雨師風伯牡丹の花を呪ひけり

紫陽花　紫陽花や方除けしたる仮の宿

若葉　案内で庭拝見や若楓

若葉山雲冉々と動きけり

茂　宇治山や陶窯据うる茂り宿

木下闇　木下闇現し神の子ちらと見し　上加茂

病葉　病葉のもみぢ早しや嵐山

松落葉　山雨急に松の落葉を洗ひけり

茨　水をやる茨石竹同架かな

葉柳　葉柳や人は神祇に遊びけり

今年竹　若竹に夜雨青灯の庵かな

杜若　水に動く烏帽子の影や杜若

葵　露朝日葵は草に抽づる

百合　草に注ぐ急雨の中や百合白し

玉巻芭蕉　千年の金堂芭蕉玉を巻く

筍　筍や人が知らいで籔の口

瓜　瓜を喰ふ少年見ゆる藁帽子

夕顔

夕顔や葉がちになりし花一つ

茄子

露涼し茄子ところの小百姓

蓮

朝月の山門に入る蓮見かな

蓮の香や十二の珠楼簾捲く

麦

預け馬返しに来るや麦の秋

麦秋の犢生るる隣かな

夏草

半夏生空地に草の茂りかな

夏草にこもる番の雉子かな

藜

筆草

追悼

いたづらに延びし藜も泪かな

麦に似し筆草夏の季と定む

筆草の中に防風老いに凫

秋の部

時候

今朝の秋　今朝の秋めでたきもの、髪容

秋の暮　大仏も祇園も同じ秋の暮

歌舞の人一座去りけり秋のくれ

秋夕　新潟にて
荒海や浜に二軒の秋夕

秋の夜　雨三粒降り静めけり秋の夜

秋の夜や旅にして月衰ふる

夜長　長き夜や愚かなれども子に教ゆ

長き夜の子を旅立す用意かな

飯食ふて盗人去にし夜長かな

縫物に圧かけて寝る夜長かな

冷

冷やかに蜘の巣顔にかゝりけり

石山

源氏の間冷やかに大硯のあり

身に沁む

省みれば六勿の銘身に入みて

雀蛤となる

雀蛤となるや東海姫氏の国

秋寒し

山容の一剣を欠く秋寒し

朝寒

朝日山うしろに町の朝寒み

朝寒や年寄られたる師の寝覚

夜寒

寮人の薄着に羽織る夜寒かな

戸締りを見てもどりたる夜寒かな

暮の秋

北山の消息もなし暮の秋

行秋

行秋や絵はがきに句を書き送る

徒らに水鳴子鳴り行秋や

冬近し

冬近し水仙伸びて二三寸

柚も柿も庵の名残や冬隣　　冬隣

天文

秋日和藍の二番を刈りにけり　　秋晴

祝　日出新聞二十周年
秋天や比枝をはたちの山のさま　　秋天

甲斐が嶺を馬で越ゆるや秋の空　　秋の空

月の秋颱風南より到る　　月

文台や故人に恥づる今日の月

山鳥の塒に秋の月夜かな

南蛮の王の貢や月の秋

後の月

曲江の細江に後の月見かな

晩学の句弟子一人や後の月

燗冷の徳利四五本後の月

御内会に参り合はせぬ後の月

星月夜

星月夜淀の花火もなかりけり

天の川

長風たゞに南に航す天の川

秋風

秋風や世帯のことも文のはし

流鏑馬の社頭日落ちて秋の風

詩仙堂にて
獅子榻も肱懸も蝕みつ秋の風

初嵐
峠茶屋湛井の水に初嵐

野分
木欒子降る葉にまじる野分かな

多武峯神のすさびの野分かな

旅人と見えて笠とぶ野分かな

秋の雨
ほの暗き喪屋の灯や秋の雨

秋雨に冷やかな灯や塔の番

稲妻

浪被ぶる灘漕ぐ舟や稲光

稲妻や横をり伏せる夜の山

霧

霧の香や寂光院は夢のさま

松島にて

景徐々に七浦八崎晴るゝ霧

露

露ふむや煙草は甘き朝の旅

露時雨

人入れぬ鳳凰堂や露時雨

地理

秋の山

大いなる白帆の前や秋の山

花野　花野来て松虫塚を尋ねけり

秋の水　真葛原三尺澄めり秋の水

石礫々いよ〵白し秋の水

松島

秋の浪　一島一景舟移りゆくの秋

初潮　初汐や雁立つ跡の草の中

生活

硯洗　晴々と北野の硯洗ひかな

七夕　きぬ〴〵の鵲とぶや門の橋

物干に星祭する灯かな

我庵や星に貸すもの古今集

影おちて盥に星の逢瀬かな

嵐やむ松の葉越しや男棚機

梶の葉

歌かゝでゆかしき梶の虫葉かな

梶の葉の吹かるゝや歌の二面

登高

悠々たる思ひ高きに登りけり

菊の酒

菊酒に併せて英を喰ひけり

後の雛

錦木の宿の乙子や後の雛

菊襲着て冊きぬ後の雛

新酒

処士横議新酒に天下易しとす

新風は伊丹に起り今年酒

焼米

焼米や夜学の膝に喰ひこぼす

柚味噌

冷然と火徹る遅し柚の釜

捨扇

主や誰忘れ扇の絵を見する

灯籠

蓑虫の梢に近き灯籠かな

砧
二人打つ砧や月の前うしろ

新綿
綿車の軋り止まぬや油さす

若煙草
塩の税煙草の税や国の秋

鬼殺し辛き烟草の名なりけり

薬掘
霊芝採る四皓が伴や薬掘

鹿笛
鹿笛を吹きやめば鹿のかくれ凫

崩簗
崩簗芒がくれに存しけり

踊
月天心大きくなりし踊の輪

相撲

姉妹のをどる揃ひの浴衣かな

野見の社に一日寄附の相撲かな

旅角力果て丶淋しき夜舟かな

花火

水楼に月待ちをれば花火かな

つゞけうつ花火やあとのなかりけり

行事

放生会

うれしさは放生池の月夜かな

初猟

初猟の朝一番や渡し舟

桝の市
銀盤の月黄金の桝の市

摂待
摂待や紛れて同じ人来る

魂祭
魂祭亡き人々の名を申す

送火
送り火や苧殻はもえて灰もなし

地蔵盆
草花を集めて地蔵祭かな

牛祭
摩陀羅神骨なき法師寒がりぬ

糸瓜忌
一ト年は旅に営む子規忌哉

悼子規子　三句

滴り尽す糸瓜の水や君逝けり

鹿
渡り鳥
色鳥
百舌鳥
雁

亡き影を糸瓜の水にうつし見む

糸瓜枯れて夕顔の宿の物悲し

動物

一段と寝覚ひだるし鹿の声

島の女の水汲む朝や渡り鳥

色鳥の来ぬる閑居や小倉山

柞葉の中鵙の尾の動く

引越しの荷舟や雁の渡りけり

落鮎

紅葉鮒

江鮭

鱸

鯛

蜻蛉

蘆少し雁の下り居る名所かな

雁を打つ羽林の騎士のいとまかな

鮎落つる宇治の水態変じけり

水草の葉末も染めぬ紅葉鮒

君知るや秋は湖中の江鮭

鱸魚に飽きて又も都に上る也

常山垣鯛一つ鳴きにけり

水引いて日当る石に蜻蛉かな

碧潭に映る蜻蛉の午影かな

虫　虫さま〴〵愁ふる人に鳴き募る

鈴虫や提灯の火に草に入る

植物

木犀　行きすぐや木犀匂ふ夜の門

木槿　蜑が家に三味線ひくや木槿垣

八重咲きの木槿は三日保ちけり

芙蓉　水時計や、午を過ぎし芙蓉哉

梨

ありの実のありとも見えぬ月夜かな

柿

山里や空の高きに柿熟す

柿の秋藍綬褒章賜りぬ

林檎

美しき林檎くれたる女かな

紅葉

毛冠の鳥美しき紅葉かな

神前や紅葉に古りし鬼女の面

塗りかへて乾かぬ橋や初紅葉

水明り渓の紅葉を照しけり

照葉
三尺の何の照葉や蘆の中

椿実
実椿のこぼれもやらぬ日数かな

梅嫌
垣結ふに少しこぼれぬ梅嫌

通草
通草這て籬ともなき山家かな

芭蕉
鳴いて来て鴉のとまる芭蕉かな

蘭
離騒の蘭万葉の藤袴

朝顔
蕣に不機嫌直る亭主かな

朝顔や大火は西に流れけり

朝顔や塵溜なか〱奇麗也

鶏頭

離レ家借りて巡査住みけり鶏頭花

菊

尼君の使参りぬ菊の花

此花や天長節に逢へりけり

狩人の飯喰ふ菊の茶店かな

限りある三日過ぎけり市の菊

瓢

様かへて二つの瓢作りけり

芋

惜げなく広葉刈りすつ芋茎かな

落穂

水澄んで田川に沈む落穂かな

草の花

蜉蝣とぶ小影うつりぬ草の花

秋の草歌こま〴〵と書かれけり

末枯

末枯や冷たき石に日の当る

萩

傘さして灯籠灯ともす雨の萩

かりそめに萩折りてさす靫かな

薄

穂芒のはゝきつくるや小野の家

砂山やはつれ〳〵の花薄

蘆の花

曼珠沙華

桔　梗

茸

川広く水緩かや蘆の花

洗粉に根を掘る妹や曼珠沙華

霊山に口閉ぢて居る桔梗かな

釣罷めて磯山にとる菌かな

茸狩やさては木下長嘯子

冬の部

時候

冬　冬来る竈祓の祝詞かな

初冬　初冬や切り払ひたる雑木山

今朝の冬　今朝の冬春坡がのれん衝入りぬ
乳柑の香走る冬となりにけり

小春　塩浜のから〳〵になる小春かな
鶴々たる白鳥飛んで小春かな

冬至　たゞならぬ湯気や冬至の小豆粥

師走　連歌する外や師走の人通り

年の暮　青歌高踏世上を見れば年の暮

短日　烏焉馬の写字の校正日短き

霜夜　舟篝霜夜の波を焦しけり

冬夜　物映る硝子戸凄し夜半の冬

寒さ　綈袍の情友のなき寒さ哉

人の金の番に来てゐる寒さ哉

春待　押鮎に春や待たるゝ吉野殿

春待つや一人の母を慰めて

天文

山中の薜蘿も枯れて冬日かな　冬日

冬の月お講参りの小提灯　冬の月

凩や楼台鎖す初夜の鐘　凩

猿蓑やしぐれ〳〵て十三句　時雨

窓近く雪折れの竹の音す也　雪

地理

枯野　魍魎と木魂と游ぶ枯野かな
　　　野は枯れて芒の丈や石仏
冬田　水攻めの城趾いづこ冬田かな

生活

亥の子　新枕玄猪の餅ひうれしけれ
煤払　青笹や煤掃きおとす台所
掛乞　掛乞の久松つれしお染かな
寒声　寒声や愁を知らぬ幼な顔

寒声の人落ち合ひぬ下邳の橋

紙衣

素紙衣はみやびすぎたる遊女かな

蕎麦湯

耳にある法話を話す蕎麦湯哉

茎漬

君の手の糠味噌臭き茎菜哉

納豆

納豆の苞に落るや厨の煤

乾鮭

乾鮭に風流仏と題しけり

冬籠

白々と書架に埃や冬籠

炬燵

八瀬人の京に出ぬ日を炬燵かな

炉開

火事

麦蒔

神の旅

寒念仏

一茶忌

炉開いて低き風呂先屏風かな

焼け残る鶏昼告ぐる火事場かな

麦蒔や小字存す国分寺

行事

姫神の旅やうれしと御供神

蹲ひて雪隠の神送りけり

寒念仏二人が中に小提灯

一茶忌や門にあたまの御用心

動物

航海の鯨見る日や陸を見ず　　鯨

雪雲の一片落つる鷹野かな　　鷹

上林や天子幸チある冬の雁　　冬の雁

笹鳴や家皆面す江の朝日　　笹鳴

浦風や田へ吹き上げて鳴千鳥　　千鳥

葱盗む人に立ちけり川千鳥

河豚の腹安禄山と名づけゝり　　河豚

河豚の座や盆梅の魂蘇る

牡蠣

牡蠣舟や冬の浪華の繁昌史

牡蠣舟や芝居はてたる夜の河岸

植物

冬の梅

冬の梅枯木に風の怒りけり

帰り花

野の家の烟に近し帰り花

愚庵亡きたゞの垣根や帰り花

茶の花

茶の花に目白の囮かけにけり

落葉

落葉淋し早く御格子参らせる

塀の内を西す東す落葉哉

桃源の道紛れなき落葉かな

冬木立

帝陵の直なる道や冬木立

熊笹の緑猗々たり冬木立

水仙

亡妻を哭す

水仙の霜と消えたる妻悲し

枯菊

枯菊や勤倹の風俗を為す

枯蘆

夜雨に鳴る蘆の枯葉の枯々に

枯芝

枯芝や萩の節折茎高き

略年譜

安藤橡面坊

一八六九年（明治二年）
本名、錬三郎。別号、影人、橡庵。
八月十六日、岡山県備中国小田郡新山村大字新賀一三七（現笠岡市新賀）生れ。

一八九七年（明治三〇年）
大阪毎日新聞社に入社。初め、高浜虚子選の「国民新聞」に投句、九九年、正岡子規の「日本」に投句。子規の俳句革新運動に参加した。

一九〇〇年（明治三三年）
「車百合」第五号（二月）「夕陽岡の梅」というエッセイを書く。
「車百合」第六号（三月）春の句を寄せる。
大阪満月会にも出席（三月）「車百合」に句会報の句が出ている。

欄 に よ り て 唐 児 の 遊 ぶ 日 永 哉　橡面坊

一九〇一年（明治三四年）
「毎日唫壇」の選者、桜井芳水の死の後を受け、二代目の選者となり、関西俳壇の発展に貢献した。
松瀬青々の「宝船」第一号（三月号）「車百合」募集俳句
汐干　青々選

霞みたる松原遠き汐干かな　橡面坊
灯火に汐干の獲物分ちけり　〃

風藤　青々選
藤棚の花は短き日影かな　橡面坊
大津絵に春暮れんとす藤娘　〃

二号の募集俳句、雑吟には投句がない。

一九〇二年
（明治三五年）

「宝船」第二巻第八号（六月号）
「宝船」へはじめての出句。
俳句＝春秋
埋火の夜殿に近し猫の恋　橡面坊
鴨減りて桃花は水に浮びけり　〃
弥生山関屋は花に隠れけり　〃
白粉を蝶おとし行く蘇かな　〃
淋しさは日蔭の榁花咲きぬ　〃
（注　露石についで次席）

一九〇三年
（明治三十六年）

但し、募集俳句（青々選）には投句していない。

「宝船」第二巻第九号（七月号）

俳句＝夏季

泉に鴛鴦飼ふや夏の月　橡面坊　あと三句。

募集俳句（青々選）の投句なし。

「宝船」第二巻第十号（八月号）

俳句＝夏秋

暑き日の午過ぎまでや花屋が荷　橡面坊　あと二句。

正岡子規先生追悼会（十月十九日）

於、東区上本町筋地蔵阪北入東側実相寺、松瀬青々に並んで幹事に安藤橡面坊、他水落露石、青木月斗など。（計八名）

すきな柿くへず仏に成られけり　橡面坊

（短冊に書いて持寄った句）

（注　青々も入っている謹賀新年広告（明三十六年）に橡面坊は入っていない）

一九〇四年

「宝船」第四巻第五号（三月号）

（明治三七年）

俳句　巨口、古泉につづいて橡面坊

　ただならぬ湯気や冬至の小豆粥　　橡面坊　他に三句。

子規没後は「日本」俳壇に投句。河東碧梧桐の新傾向俳句運動に共鳴した。

一九一四年
（大正三年）

九月二五日永眠。

あとがき

句集『深山柴』は大正十年十二月、大阪府池田の糸瓜社から発行されました。編者、発行人は糸瓜社を主宰した亀田小蛄、この句集は橡面坊の遺句集です。句集の初めに橡面坊の写真、短冊が写真版で掲げられています。そして橡面坊の短い「自序」があります。

自序

名奔利走、所謂物質的の世に処して、独り俳三昧に歳月を徒消す、自ら顧みて其何の心たるを知らず、噫狂耶愚耶将た僊耶。

次に小蛄の「選句に就て」があります。「深山柴二冊、補遺一冊」より主に選んだとありますから、橡面坊は「深山柴」という題の句稿をまとめていたと思われます。句集『深山柴』は類題句集で、季語別に句が収められています。季語の立て方には今から見て異論が出るかもしれませんが、すべて元通りにしています。

ところで、私は、橡面坊という名前すら知らなかったのです。種々の歳時記を調べて大きな歳時記などでチラホラ見かけた位で、相当なお歳の方だと思っていました。こんなに若くして亡くなられているとは知りませんでした。

『深山柴』には千余句が収められていますが、今回それを半分の五百句にすることがとても難しく未だにこれでよかったのかどうかと、自信がありません。全句を載せられれば等と思っております。

稿をなすにあたり、手元に何の知識もない私に、大切な資料をお貸し下さいました先生方の御好意で書き進むことが出来ました。

坪内稔典さんからは、毎日新聞社の資料等を、茨木和生さんからは『深山柴』「宝船」「車百合」の資料を、朝妻力さんからは『子規時代の人々』を拝借いたしました。お蔭様で何とか稿を終ることが出来ました。心より御礼申し上げます。

『深山柴』はもっと早くに仕上げるはずでしたが、私の怠慢と資料を探すのに時間をかけ過ぎました。ここにお侘びいたします。

二〇一四年クリスマス近き日に

東條未英

編者略歴

東條未英（とうじょう・みえ）

1939年大阪府大阪生まれ。
大阪俳句史研究会会員。「晨」俳句会同人。
句集『風の名前』など。箕面ＦＭで俳句番組を担当。

明治時代の大阪俳人のアンソロジー

安藤橡面坊句集　深山柴（みやましば）
二〇一五年二月一日　第一刷
編集者――東條未英
編　集――大阪俳句史研究会
〒664-0895　伊丹市宮ノ前2-5-20（財）柿衞文庫　也雲軒内
発行所――ふらんす堂
〒182-0002　東京都調布市仙川町一―一五―三八―2F
電　話――〇三（三三二六）九〇六一　FAX〇三（三三二六）六九一九
ホームページ　http://furansudo.com/　E-mail info@furansudo.com
装　丁――君嶋真理子
印刷所――三修紙工
製本所――三修紙工
定　価――本体一二〇〇円＋税
ISBN978-4-7814-0750-0 C0092 ¥1200E